GÉOGRAPHIE

[illegible]

PAR MM. FIRMIN DIDOT [illegible]

[illegible]

[illegible] 1851

QUESTIONS SUR LA GÉOGRAPHIE.

Qu'est-ce que la géographie? — Quelle est la forme de la terre ? — Qu'est-ce que la mer ? — Quels sont les points cardinaux ? — Où sont ils ordinairement placés sur les cartes? — Combien y a-t-il de parties du monde ? — Qu'est-ce qu'un détroit ? — Un golfe ? — Une baie ? — Une rade ? — Une île ? — Un cap ? — Une chaîne de montagnes ? — Un lac ? — Un fleuve ? — Une rivière ? Qu'est-ce que les affluens? — Qu'appelle-t-on confluent ?

Comment appelait-on autrefois la France? — Qui a conquis ce pays dans le cinquième siècle ? — Quelles sont les bornes de la France? — Quelle est sa superficie ? — Quelle est sa population ? — Quel est le climat de la France ? — Quelles sont les principales chaînes de montagnes ? — Où sont situées les Alpes ? — le Jura ? — les Pyrénées? — les Cévannes? — les monts d'Auvergne ? — les Vosges ? — Quels sont les principaux fleuves ? — Où se jette chacun de ces fleuves ? — Quelles sont les rivières qui se jettent dans le Rhin? — Dans la Moselle ? — Dans la Seine? — Dans l'Oise? — Dans la Loire ? — Dans la Vienne? — Dans la Mayenne ? — Dans la Garonne ? — Dans la Dordogne ? — Dans le Rhône ? — Dans la Saone ?

Quels sont les principaux canaux de la France, et quels cours d'eau unissent-ils ? — Quels sont les principaux golfes de la France ? — Quels sont les principaux détroits ? — Quelles sont les îles les plus remarquables ?

De quels avantages la France jouit-elle ? — Quelles sont les productions de son sol ? — Quelles sont les productions de l'industrie ? — Quelles sont les mines les plus importantes ?

Comment divisait-on autrefois la France ? — Pourquoi a-t-on changé cette division? — Comment la divise-t-on aujourd'hui ? — Quelles étaient les anciennes provinces de la France au Nord ? — à l'Est? — au Sud ? — à l'Ouest? — au milieu ? — Quels départemens a-t-on formés de la Flandre? — de l'Artois? — de la Picardie ? — de la Normandie ? — de l'Ile-de-France? — de la Champagne ? — de la Lorraine? — de l'Alsace? — de la Franche-Comté ? — de la Bourgogne ? — du Lyonnais ? — du Dauphiné ? — de la Provence? — du Languedoc ? — du comté de Foix? — du Béarn? — des provinces de Guyenne et Gascogne? — de la Corse ? — du comtat d'Avignon et de la principauté d'Orange ? — de l'Angoumois ? — de la Saintonge et l'Aunis ? — du Poitou ? — de la Bretagne ? — de l'Anjou ? — du Maine ? — de l'Orléanais ? — de la Touraine ? — du Berry ? — du Nivernais ? — du Bourbonnais ? — de la Marche ? — du Limousin? — de l'Auvergne ? — Quel est le chef-lieu du Nord ? — du Pas-de-Calais? — de la Somme ? — de la Seine Inférieure ? — du Calvados ? — de l'Eure ? — de la Manche? — de l'Orne? — de la Seine ? — de Seine et Oise ? — (Même question pour chaque département). — Comment divise-t-on les départements ? — Les arrondissemens ? — Les cantons ? — Par qui sont administrés les départements ? — Les arrondissements ? — Les communes ?

Comment la justice est-elle administrée dans les cantons ? — Dans les arrondissements ? — De qui ressortissent les tribunaux de première instance ? — De qui ressortissent les cours royales ? — Quels autres tribunaux y a-t-il encore ? — Comment l'université est-elle divisée ? — Par qui les académies sont-elles administrées ? — Quels sont leurs chefs-lieux ? — Combien y a-t-il de diocèses ? — Combien y a-t-il d'archevêchés ? — Combien y a-t-il d'évêchés ? — Combien de divisions militaires ?

(Voir la suite, pag. 35.)

NOTIONS PRÉLIMINAIRES.

La *géographie* est la description de la terre.

La terre est ronde; elle a 9000 lieues de tour. La plus grande partie de sa surface est couverte par une vaste étendue d'eau qu'on appelle la mer.

Pour déterminer la position des différentes parties de la terre, on a imaginé quatre points qu'on appelle points cardinaux; ce sont: *le levant*, qu'on appelle aussi *est* ou *orient*; le *couchant*, *ouest* ou *occident*; le *nord* ou *septentrion*, et le *midi* ou *sud*.

Le levant est le point où le soleil se lève, le couchant est le point où le soleil se couche; le nord est le point qu'on a devant soi quand on a le levant à droite; le midi est le point opposé au nord.

Sur les cartes ordinaires, le levant est à droite, le couchant à gauche, le nord en haut et le midi en bas.

La terre se divise en cinq parties, qui sont: l'Europe, l'Asie, l'Afrique, l'Amérique et l'Océanie.

On distingue aussi dans la mer différentes parties auxquelles on donne des noms particuliers, telles que la mer Méditerranée, l'océan Atlantique, la mer du Nord, etc.

Un détroit est une partie de mer resserrée entre deux terres.

Un golfe où une baie est une partie de mer qui s'avance dans la terre.

Une rade est un petit golfe où les vaisseaux se trouvent à l'abri de plusieurs vents.

Une île est un espace de terre entouré d'eau tous côtés.

Un cap est une pointe de terre qui s'avance dans la mer.

Une chaîne de montagnes est la réunion d'un grand nombre de montagnes.

Un lac est une étendue d'eau entourée de terre de tous côtés.

Un fleuve est un cours d'eau qui se jette dans la mer.

Une rivière est un cours d'eau qui se jette dans un fleuve. On appelle aussi quelquefois rivières les fleuves peu considérables.

Toutes les rivières qui se jettent dans un fleuve sont les affluents de ce fleuve. On appelle confluent l'endroit où deux cours d'eau se réunissent.

PETITE GÉOGRAPHIE

DE LA FRANCE.

NOTIONS HISTORIQUES.

La France portait autrefois le nom de *Gaule*. Les Romains achevèrent la conquête de ce pays, 50 ans avant Jésus-Christ, et y dominèrent pendant 500 ans. Les Francs, peuple barbare sorti du nord de la Germanie, que nous appelons aujourd'hui Allemagne, s'en emparèrent dans le cinquième siècle et lui donnèrent le nom de France. Depuis cette époque, elle n'a jamais été soumise à une nation étrangère.

DESCRIPTION GÉNÉRALE.

Bornes. La France est bornée au nord par la Belgique et la mer de la Manche; à l'est par l'Allemagne, la Suisse et l'Italie; au sud par la mer Méditerranée et l'Espagne; à l'ouest par l'océan Atlantique. Elle a 28,000 lieues carrées de superficie, et plus de 32,000,000 d'habitants.

Climat, montagnes. Cette contrée jouit d'un climat tempéré et d'un sol fertile. Les provinces de l'est et celles du sud sont en grande partie couvertes de chaînes de montagnes parmi lesquelles on remarque : les *Alpes*, entre la France et l'Italie ; le *Jura*, entre la France et la Suisse; les *Pyrénées*, entre la France et l'Espagne; les *Cévennes*, au midi de la France ; les monts d'*Auvergne*, au milieu; et les *Vosges* au nord-est. Les provinces du nord et celles de l'ouest n'offrent pas de monts élevés ; on n'y voit que des collines et des plaines.

Fleuves. De grands fleuves et de belles rivières arrosent toutes les parties de la France, fécondent le sol et facilitent les transports du commerce. Les plus remarquables de ces fleuves sont : le *Rhin*, qui sépare la France de l'Allemagne, et va se jeter dans la mer du Nord; la *Meuse*, qui se jette dans la même mer ; la *Somme*, la *Seine* et l'*Orne* qui se jettent dans la Manche ; la *Vilaine*, la *Loire*, la *Sèvre Niortaise*, la *Charente*, la *Garonne* et l'*Adour*, qui se jettent dans l'océan Atlantique; l'*Aude*, l'*Hérault*, le *Rhône* et le *Var*, qui se jettent dans la Méditerranée.

Rivières. Les principales rivières de France sont : la *Moselle*, qui va se jéter dans le Rhin ; la *Meurthe*, qui se jette dans la Moselle; l'*Aube*, l'*Yonne*, la *Marne*, l'*Oise* et l'*Eure*, qui se jettent dans la Seine : l'*Aisne*, qui se jette dans l'Oise ; l'*Allier*, le *Cher*, l'*Indre*, la *Vienne*, la *Maine* et la *Sèvre Nantaise*, qui se jettent dans la Loire; la *Creuse*, qui se jette dans la Vienne; la *Sarthe*, qui reçoit le *Loir* et s'unit ensuite à la Mayenne, pour former la *Maine*; la *Vendée*, qui se jette dans la *Sèvre Niortaise*; l'*Ariége*, le *Tarn*, le *Gers*, le *Lot* et la *Dordogne*, qui se jettent dans la Garonne; l'*Aveyron*, qui se jette dans le Tarn; la *Lozère*, qui reçoit la *Corrèze* et se jette dans la Dordogne; l'*Ain*, la *Saône*, l'*Isère*, la *Drôme*, l'*Ardèche* et la *Durance*, qui se jettent dans le Rhône; le *Doubs*, qui se jette dans la Saône.

Canaux. Beaucoup de canaux ont été construits pour établir des communications entre ces cours d'eau. Plusieurs de ces ouvrages ne sont pas encore achevés; les plus importants de ceux qui sont livrés à la navigation sont : le canal de *Saint-Quentin*, qui joint l'Escaut à la Somme; le canal de *Picardie* ou de *Crozat*, qui joint la Somme et l'Oise ; les canaux d'*Orléans*, de *Briare* et de *Loing* qui joignent la Seine à la Loire; le canal de *Digoin* ou du *Centre*, qui joint la Loire à la Somme; le canal de *Bourgogne*, qui joint l'Yonne à la Saône et au Doubs ; le canal de l'*Est*, qui joint le Rhin au Doubs, suit cette rivière jusqu'à la Saône, et fait ainsi communiquer le Rhône au Rhin; enfin, le canal du *Languedoc* ou du *Midi*, qui joint la Garonne à la Méditerranée, et fait communiquer cette mer avec l'Océan.

Golfes. Sur les bords de la mer, on remarque le golfe de *Gascogne*, formé par l'océan Atlantique, au sud-ouest de la France, et le golfe de *Lyon*, formé par la Méditerranée, au midi de la Provence et du Languedoc.

Détroits. Les détroits qui baignent les côtes de France sont : le *Pas-de-Calais*, qui sépare la

France de l'Angleterre; le pertuis *Breton*, entre le département de la Vendée et l'île de Ré ; le pertuis d'*Antioche*, entre l'île de Ré et l'île d'Oléron, et le pertuis de *Maumusson*, qui sépare l'île d'Oléron du département de la Charente-Inférieure.

Iles. Les îles voisines de la France et qui lui appartiennent seront nommées avec les départements dont elles dépendent. Les plus remarquables de ces îles sont la Corse et les îles d'Hyères, dans la Méditerranée; Ouessant, Groix, Belle-Ile, Noirmoutier, l'île Dieu, l'île de Ré et l'île d'Oléron, dans l'océan Atlantique.

INDUSTRIE, COMMERCE, PRODUCTIONS.

La France, l'une des plus riches contrées de l'Europe, est en même temps une de celles où les lumières, les arts et l'industrie ont fait le plus de progrès. Sa situation sur les deux mers, ses fleuves, ses canaux de navigation et ses routes lui garantissent un commerce facile et lucratif; l'activité de ses habitants et l'amélioration introduite dans la plupart des procédés de fabrication, la mettront bientôt en état de lutter pour tous les objets avec les nations les plus industrieuses.

L'agriculture donne en abondance les produits nécessaires à la vie et ceux qui sont le plus précieux pour le commerce ; les vins de Bordeaux, de Bourgogne, de Champagne et du Midi ; les eaux-de-vie de Cognac, le sel des côtes de l'Océan et de la Méditerranée, les huiles d'olive d'Aix sont renommés jusque dans les contrées les plus éloignées. Le mûrier pour l'éducation des vers à soie, le chanvre, le tabac enrichissent un grand nombre de départements. On tire de la betterave une grande partie du sucre que l'on consomme en France. Les animaux les plus utiles y sont naturalisés; on a surtout amélioré la race des bêtes à laine, par l'introduction des mérinos dans tous les départements.

Les soieries de Lyon, les savons de Marseille, les modes, les meubles, les bronzes de Paris, l'emportent sur tous les objets du même genre fabriqués à l'étranger; les draps, les toiles, les dentelles, les tapis, les châles, l'horlogerie, la bijouterie, les sucres raffinés, les armes, les étoffes de coton, les batistes, le papier, les livres, la porcelaine, les glaces, le cristal, etc., font encore l'objet d'un commerce considérable.

Les mines de fer, de cuivre et surtout de charbon de terre commencent à suffire aux besoins de l'industrie; celles de plomb, d'étain et de zinc sont moins abondantes. Quelques rivières du midi de la France charrient de l'or dans leurs sables, mais en fort petite quantité. Les mines d'argent sont pour la plupart trop pauvres pour être exploitées; mais les mines de plomb de Poulaoüen, dans le département du Finistère, fournissent aussi, chaque année, de l'argent pour une somme assez considérable.

DIVISIONS ADMINISTRATIVES.

La France était autrefois partagée en trente-trois gouvernements ou provinces ; ces provinces n'étaient pas toutes soumises à une administration uniforme, ni aux mêmes lois. Quelques-unes jouissaient de grands priviléges, et même de l'exemption de certains impôts fort onéreux, tandis que les autres étaient soumises à l'autorité absolue du ministèr, et accablées par le poids des contributions. L'assemblée nationale, voulant faire disparaître ces différences, et abolir en même temps les dénominations qui semblaient rendre les Français, habitants des diverses provinces, étrangers les uns aux autres, supprima cette ancienne division, et partagea la France en départements, qui sont aujourd'hui au nombre de quatre-vingt-six, tous soumis aux mêmes lois et aux mêmes charges, tous administrés de la même manière. Voici le tableau des provinces avec les départements qui en sont formés et leurs chefs-lieux. Presque tous ces départements tirent leur nom des fleuves ou des rivières qui les arrosent, ou des montagnes qu'ils renferment.

Nota. Lorsqu'un département est composé de démembrements de plusieurs provinces, nous l'assignons à la province qui renfermait son chef-lieu.

TABLEAU DES DÉPARTEMENTS.

PROVINCES.	DÉPARTEMENTS.	CHEFS-LIEUX.
	PROVINCES DU NORD.	
Flandre.	Nord.	Lille.
Artois.	Pas-de-Calais.	Arras.
Picardie.	Somme.	Amiens.
Normandie.	Seine-Inférieure.	Rouen.
	Eure.	Evreux.
	Calvados.	Caen.
	Manche.	Saint-Lô.
	Orne.	Alençon.
Ile-de-France.	Seine.	Paris.
	Seine-et-Oise.	Versailles.
	Seine-et-Marne.	Melun.
	Oise.	Beauvais.
	Aisne.	Laon.
Champagne.	Aube.	Troyes.
	Haute-Marne.	Chaumont.
	Marne.	Châlons-sur-Marne.
	Ardennes.	Mézières.
	PROVINCES DE L'EST.	
Lorraine.	Meurthe.	Nancy.
	Moselle.	Metz.
	Meuse.	Bar-le-Duc.
	Vosges.	Épinal.
Alsace.	Bas-Rhin.	Strasbourg.
	Haut-Rhin.	Colmar.
Franche-Comté.	Doubs.	Besançon.
	Haute-Saône.	Vesoul.
	Jura.	Lons-le-Saulnier.

PROVINCES.	DÉPARTEMENTS.	CHEFS-LIEUX.
Bourgogne.	Côte-d'Or.	Dijon.
	Yonne.	Auxerre.
	Saône-et-Loire.	Mâcon.
	Ain.	Bourg.
Lyonnais.	Rhône.	Lyon.
	Loire.	Montbrison.
Dauphiné.	Isère.	Grenoble.
	Drôme.	Valence.
	Hautes-Alpes.	Gap.

PROVINCES DU SUD.

PROVINCES.	DÉPARTEMENTS.	CHEFS-LIEUX.
Provence.	Bouches-du-Rhône.	Marseille.
	Basses-Alpes.	Digne.
	Var.	Draguignan.
Languedoc.	Haute-Garonne.	Toulouse.
	Tarn.	Alby.
	Aude.	Carcassonne.
	Hérault.	Montpellier.
	Gard.	Nîmes.
	Lozère.	Mende.
	Haute-Loire.	Le Puy.
	Ardèche.	Privas.
Roussillon.	Pyrénées-Orientales.	Perpignan.
Comté de Foix.	Ariége.	Foix.
Béarn.	Basses-Pyrénées.	Pau.
Guyenne et Gascogne.	Gironde.	Bordeaux.
	Dordogne.	Périgueux.
	Lot-et-Garonne.	Agen.
	Lot.	Cahors.
	Aveyron.	Rodez.
	Tarn-et-Garonne.	Montauban.
	Landes.	Mont-de-Marsan.
	Gers.	Auch.
	Hautes-Pyrénées.	Tarbes.
Corse.	Corse.	Ajaccio.

PROVINCES.	DÉPARTEMENTS.	CHEFS-LIEUX.
Comtat d'Avignon et principauté d'Orange. *	Vaucluse.	Avignon.

PROVINCES DE L'OUEST.

PROVINCES.	DÉPARTEMENTS.	CHEFS-LIEUX.
Angoumois.	Charente.	Angoulême.
Aunis et Saintonge.	Charente-Inférieure.	La Rochelle.
Poitou.	Vienne.	Poitiers.
	Deux-Sèvres.	Niort.
	Vendée.	Bourbon-Vendée.
Anjou.	Maine-et-Loire.	Angers.
Bretagne.	Ile-et-Vilaine.	Rennes.
	Côtes-du-Nord.	Saint-Brieuc.
	Finistère.	Quimper.
	Morbihan.	Vannes.
	Loire-Inférieure.	Nantes.
Maine.	Sarthe.	Le Mans.
	Mayenne.	Laval.

PROVINCES DU MILIEU.

PROVINCES.	DÉPARTEMENTS.	CHEFS-LIEUX.
Orléanais.	Loiret.	Orléans.
	Eure-et-Loir.	Chartres.
	Loir-et-Cher.	Blois.
Touraine.	Indre-et-Loire.	Tours.
Berry.	Cher.	Bourges.
	Indre.	Châteauroux.
Nivernais.	Nièvre.	Nevers.
Bourbonnais.	Allier.	Moulin.
Marche.	Creuse.	Guéret.
Limousin.	Haute-Vienne.	Limoges.
	Corrèze.	Tulle.
Auvergne.	Puy-de-Dôme.	Clermont-Ferrand.
	Cantal.	Aurillac.

* Le comtat d'Avignon appartenait au Pape ; il a été réuni à la France en 1791.

Les départements se divisent en arrondissements, les arrondissements en cantons, et les cantons en communes.

L'administration civile des départements est confiée à des préfets ; celle des arrondissements à des sous-préfets, et celle des communes à des maires.

Pour l'administration de la justice, il y a dans chaque canton un juge de paix; dans chaque arrondissement un tribunal de première instance, qui dépend de l'une des vingt-sept cours royales. Les cours royales ressortissent de la cour de cassation. Plusieurs villes importantes ont en outre un tribunal de commerce.

Les établissements d'instruction publique dépendent de l'Université de France, qui est divisée en vingt-six académies. Le ressort de ces académies est le même que celui des cours royales : la Corse seule n'a point d'académie, quoiqu'elle possède une de ces cours. Ces académies sont administrées par un recteur ; leurs chefs-lieux sont en général les mêmes que les siéges des cours royales.

Pour la religion catholique, la France est divisée en 80 diocèses, dont 14 sont administrés par des archevêques, et 66 par des évêques. L'exercice de tous les autres cultes est permis; plusieurs même ont des ministres salariés par l'état.

L'administration de la guerre est partagée en 20 divisions militaires.

Nous indiquerons les chefs-lieux de ces différentes administrations, en parlant des villes remarquables de chaque département.

NOTICES

SUR LES DÉPARTEMENTS : VILLES ET LIEUX QU'ILS RENFERMENT.

RÉGION DU NORD.

Les départements formés par les provinces du nord sont généralement très fertiles, très bien cultivés et couverts d'une population nombreuse. L'industrie y est florissante et occupe, dans les différents départements, des manufactures de toutes sortes. La Champagne, seule province qui offre de vastes parties stériles, est aussi la seule qui produise des vins renommés; les autres sont trop froides pour ce genre de culture; mais elles abondent en grains et nourrissent beaucoup de bestiaux. Le chanvre, le lin, le colza, l'œillette, le tabac y donnent de riches produits. Le cidre et la bière sont la boisson ordinaire des habitants, dans la plus grande partie de ces départements. On y fabrique beaucoup de sucre de betteraves.

Nord, (990,000 habitants). — *Lille*, sur la Deule, chef-lieu de la seizième division militaire, place très-forte, fabrique beaucoup de fil et de dentelles; *Dunkerque*, bon port sur la mer du Nord, patrie du marin Jean Bart; *Valenciennes*, place forte, sur l'Escaut, fabrique des dentelles très-renommées; *Douai*, ville forte, sur la Scarpe, siége d'une cour royale et d'une académie, possède une école d'artillerie; *Roubaix*, ville manufacturière, sur un canal qui communique avec l'Escaut; *Cambrai*, place forte, sur l'Escaut, siége d'un évêché illustré par Fénélon, fait un grand commerce de batistes et de linons; *Saint-Amand*, remarquable par ses eaux et ses boues minérales; *Hazebrouck*; *Cateau-Cambresis*; *Cassel*; *Anzin*, remarquable par ses mines de charbon.

Pas-de-Calais, (655,000 habitants). — *Arras*, sur la Scarpe, ville forte et manufacturière, siége d'un évêché; *Boulogne* et *Calais*, ports sur le Pas-de-Calais, très-fréquentés pour le passage de France en Angleterre; *Saint-Omer*, place forte et commerçante.

Somme, (544,000 habitants). — *Amiens*, sur la Somme, siége d'un évêché, d'une cour royale et d'une académie, fabrique des velours de coton et des étoffes de laine. Cette ville possède une magnifique cathédrale. *Abbeville*, sur la Somme, fabrique de bons draps.

Seine-Inférieure, (694,000 habitants). — *Rouen*, sur la Seine, siége d'un archevêché, d'une cour royale et d'une académie, fabrique beaucoup de tissus de coton, et fait un immense commerce; la marée permet aux bâtiments marchands de remonter jusque dans son port; on y remarque une magnifique cathédrale, un pont de bateaux, et un pont en pierres nouvellement construit; *Le Hâvre*, à l'embouchure de la Seine, deuxième port marchand de France ; *Dieppe*, port sur la Manche, fait un grand commerce de poisson et fabrique des objets en ivoire ; *Elbeuf*, renommé pour ses draps ; *Yvetot* a des fabriques de coton ; *Neufchâtel* fabrique beaucoup de fromages.

EURE, (424,000 habitants). — *Evreux*, siége d'un évêché ; *Louviers*, sur l'Eure, renommé pour ses draps ; *Les Andelys*, à quatre lieues de là est la belle fonderie de cuivre de Romilly.

CALVADOS, (495,000 habitants). — *Caen*, port sur l'Orne, siége d'une cour royale et d'une académie ; *Bayeux*, siége d'un évêché ; *Lisieux*, sur la Toucques, connu pour ses toiles cretonnes ; *Falaise*, où se tient la foire de Guibray, dans le faubourg de ce nom : c'est la patrie de Guillaume-le-Conquérant ; *Honfleur*, port à l'embouchure de la Seine ; *Vire*, sur la Vire.

MANCHE, (591,000 habitants). — *Saint-Lô*, fabrique des draps fins ; *Cherbourg*, port militaire et ville forte, sur la Manche ; *Coutances*, siége d'un évêché ; *Granville*, port sur la Manche, vis-à-vis le petit port de Cancale, dans le département d'Ile-et-Vilaine.

ORNE, (442,000 habitants). — *Alençon*, sur la Sarthe, fabrique beaucoup de dentelles et fait un grand commerce de chevaux ; *Laigle*, renommé pour ses fabriques d'épingles et d'aiguilles ; *Séez*, siége d'un évêché.

Seine, (935,000 habitants). — *Paris*, sur la Seine, a huit cent mille habitants, et fait un immense commerce: c'est le centre des lettres et des beaux-arts, le siége du gouvernement, des chambres, de la cour de cassation et d'un archevêché; cette ville est une des plus belles du monde par le grand nombre et la magnificence des monuments qu'elle renferme; mais ses rues ne sont pas encore aussi bien alignées, ni aussi proprement tenues que celles de plusieurs autres grandes villes; *Saint-Denis*, près de la Seine.

Seine-et-Oise, (448,000 habitants). — *Versailles*, remarquable par son château qui fut long-temps habité par les rois de France: c'est le siége d'un évêché; *Saint-Germain-en-Laye*, près d'une belle forêt; on y voit un château qui fut long-temps habité par les rois de France; *Étampes*; *Pontoise*, sur l'Oise; *Sèvres*, près de la Seine, remarquable par sa manufacture de porcelaine.

Seine-et-Marne, (324,000 habitants). — *Melun*, sur la Seine; *Meaux*, sur la Marne, siége d'un évêché illustré par Bossuet; *Fontainebleau*, ville avec un château royal, au milieu d'une vaste forêt.

Oise, (398,000 habitants). — *Beauvais*, siége d'un évêché, a une manufacture royale de tapisseries; *Compiègne*, sur l'Oise; *Senlis*.

Aisne, (513,000 habitants). — *Laon*; *Saint-Quentin*, sur la Somme, fabrique beaucoup de linons et d'étoffes de coton; *Soissons*, sur l'Aisne, siége d'un évêché; *Château-Thierry*, sur la Marne, patrie de La Fontaine ; *La Fère*, sur l'Oise, possède une école d'artillerie ; *Saint-Gobain*, village connu par sa manufacture de glaces ; *La Ferté-Milon*, patrie de Racine.

Aube, (246,000 habitants). — *Troyes*, sur la Seine, siége d'un évêché, fait le commerce de bonneterie et de charcuterie.

Haute-Marne, (250,000 habitants). — *Chaumont*, près de la Marne ; *Langres*, siége d'un évêché, connu par sa coutellerie, fait un grand commerce de meules de moulin ; *Bourbonne-les-Bains*, connu par ses eaux minérales.

Marne, (337,000 habitants). — *Châlons-sur-Marne*, siége d'un évêché et chef-lieu de la deuxième division militaire, possède une école des arts et métiers ; *Reims*, siége d'un archevêché, avec une cathédrale où l'on sacrait autrefois les rois de France, fait un grand commerce de vins de Champagne ; *Épernay*, sur la Marne, fait aussi un grand commerce de vins de Champagne.

Ardennes, (290,000 habitants). — *Mézières*, ville forte sur la Meuse ; *Sedan*, sur la Meuse, connu par ses draps, c'est la patrie de Turenne ; *Charleville*, sur la Meuse, a une manufacture royale d'armes à feu ; *Rocroy*, place forte, près de laquelle le grand Condé remporta sa première victoire.

RÉGION DE L'EST.

Les départements formés des provinces de l'est sont généralement fertiles et bien cultivés ; ils produisent beaucoup de grains, de bois, de chanvre, de tabac ; les vins y abondent et sont très-renommés, surtout dans la Bourgogne et sur les bords du Rhône ; les pâturages nourrissent de nombreux troupeaux ; le département de la Drôme est principalement riche en mûriers qui nourrissent une quantité prodigieuse de vers-à-soie : mais les montagnes couvrent une partie de ces pays et la dérobent à la culture. Quelques sommets de ces montagnes sont couverts de neiges éternelles. On y trouve beaucoup de mines de charbon, de fer, de cuivre et de sel gemme ; les premières sont principalement dans le Lyonnais, et augmentent rapidement les richesses de cette province, où l'industrie est depuis longtemps très-florissante.

Meurthe, (415,000 habitants). — *Nancy*, près de la Meurthe, siége d'une cour royale, d'une académie et d'un évêché ; *Toul*, sur la Moselle ; *Lunéville*, près de la Meurthe, fabrique de la faïence et des gants.

Moselle, (417,000 habitants). — *Metz*, sur la Moselle, place très-forte, chef-lieu de la troisième division militaire, siége d'une cour royale, d'une académie et d'un évêché ; cette ville possède l'école d'application pour les élèves de l'artillerie et du génie ; *Thionville*, place forte sur la Moselle.

Meuse, (315,000 habitants). — *Bar-le-Duc*, sur l'Ornain : le duc de Guise, chef de la ligue, était né dans cette ville ; *Verdun*, sur la Meuse, ville forte et siége d'un évêché.

Vosges, (398,000 habitants). — *Épinal*, sur la Moselle ; *Saint-Dié*, siége d'un évêché ; *Plombières*, célèbre par ses bains d'eaux minérales, a des fabriques d'ouvrages en fer et en acier ; *Donremy*, village où naquit Jeanne d'Arc.

Bas-Rhin, (540,000 habitants). — *Strasbourg*, près du Rhin, et sur le canal de l'Est, une des plus fortes villes de France, chef-lieu de la cinquième division militaire, siége d'une cour royale et d'une académie : c'est dans cette ville que Jean Guttenberg, de Mayence, inventa l'imprimerie, l'an 1436 ; la cathédrale de Strasbourg est fort belle ; son clocher est le monument le plus élevé de l'Europe ; *Schélestadt*, ville forte sur l'Ill.

Haut-Rhin, (424,000 habitants). — *Colmar*, près de l'Ill, siége d'une cour royale et d'une académie ; *Mulhausen*, sur l'Ill, centre d'une grande industrie.

Doubs, (266,000 habitants). — *Besançon*, ville forte sur le Doubs, chef-lieu de la sixième division militaire : siége d'un archevêché, d'une cour royale et d'une académie ; on y fabrique beaucoup d'horlogerie ; *Montbéliard*, près de l'endroit où le canal de l'Est se joint au Doubs; *Pontarlier*, sur le Doubs, fait le commerce de fromages.

HAUTE-SAÔNE (339,000 habitants). — *Vesoul*; *Gray*, sur la Saône, fait un grand commerce de farines.

JURA, (312,000 habitants). — *Lons-le-Saulnier* et *Salins* possèdent des salines; la dernière avait été détruite en partie en 1825, par un incendie; *Dôle*, sur le Doubs; *Saint-Claude*, siége d'un évêché, est connu par ses jolis ouvrages en corne, en buis et en ivoire.

CÔTE-D'OR, (376,000 habitants). — *Dijon*, sur le canal de Bourgogne, chef-lieu de la dix-huitième division militaire, siége d'une cour royale, d'une académie et d'un évêché, fait un grand commerce de vins et de blé; *Beaune*, renommé pour ses vins.

YONNE, (352,000 habitants). — *Auxerre* et *Sens*, sur l'Yonne, font le commerce de bois; la première est renommée pour ses vins.

SAÔNE-ET-LOIRE, (524,000 habitants). — *Mâcon*, sur la Saône, fait un grand commerce de vins; *Châlons*, sur la Saône; *Autun*, siége d'un évêché.

AIN. (346,000 habitants). — *Bourg*; *Belley*, siége d'un évêché.

RHÔNE, (434,000 habitants). — *Lyon*, au confluent de la Saône et du Rhône, chef-lieu de la septième division militaire, siége d'un archevêché, d'une cour royale et d'une académie, et la deuxième ville de France par sa population ; on y fabrique beaucoup de soieries, qui sont les plus belles de l'Europe; *Tarare*, renommé pour ses mousselines.

LOIRE, (391,000 habitants).— *Montbrison ; Saint-Étienne*, riche par ses mines de charbon et par ses manufactures de rubans de soie, d'armes, de quincaillerie : cette ville s'accroît rapidement depuis quelques années ; elle est à présent l'une des places les plus importantes de la France par son industrie : un chemin de fer, qui y passe, va de *Roanne* à *Lyon; Rive-de-Gier*, riche par ses mines de charbon et ses verreries.

ISÈRE, (550,000 habitants). — *Grenoble*, ville forte sur l'Isère, siége d'une cour royale, d'une académie et d'un évêché, fabrique des gants; *Vienne*, sur le Rhône; *Voiron* fait le commerce de toiles.

DRÔME, (300,000 habitants). — *Valence*, sur le Rhône, siége d'un évêché; *Montélimart*, près du Rhône, dans une vallée très-riche en mûriers.

HAUTES-ALPES, (129,000 habitants). — *Gap*, siége d'un évêché; *Briançon*, place très-forte, la plus élevée de l'Europe.

RÉGION DU SUD.

Le midi de la France jouit d'un climat chaud, d'un air pur et salubre; mais le sol y est généralement moins fécond et la population moins nombreuse que dans les autres parties de la France. Plusieurs départements du Languedoc et de la Guyenne sont fertiles; le territoire de quelques autres est tellement aride qu'ils ne peuvent fournir assez de grains pour leurs habitants. On y voit peu de grands arbres, et le pays est dépourvu de verdure pendant une partie de l'année. Mais ils sont riches en productions qui demandent un climat chaud : le vin, les olives, les amandes, les figues, les grenades, les truffes, les plantes à parfums, les mûriers y abondent; on récolte même dans quelques cantons des oranges et des citrons. Cependant ces fruits ne peuvent mûrir que dans des espaces fort peu étendus, exposés à toute la chaleur du soleil, et garantis des vents du nord par quelque montagne. La garance, le miel, le tabac, le chêne-liège, et le kermès, que l'on cueille sur les chênes-verts, font la richesse de plusieurs départements. On y trouve aussi des mines de charbon, de fer, etc. Les bords de la Méditerranée fournissent un très beau sel. L'industrie est fort avancée dans plusieurs cantons; elle est arriérée dans quelques autres, parce que les communications à travers les montagnes sont difficiles. La France possède plusieurs ports sur la Méditerranée; mais celui de Marseille est, à lui seul, beaucoup plus riche que tous les autres.

Bouches-du-Rhône, (359,000 habitants). — *Marseille*, sur la Méditerranée, premier port marchand de France, chef-lieu de la huitième division militaire, siége d'un évêché, fabrique beaucoup de savon. Cette ville fut fondée par les Phocéens, 600 ans avant Jésus-Christ. On remarque près de Marseille l'île de Pomègue dans la rade de laquelle les vaisseaux font quarantaine. *Aix*, siége d'une cour royale et d'un archevêché, fait le commerce d'huile d'olives; *Arles* et *Tarascon*, sur le Rhône.

Basses-Alpes, (156,000 habitants). — *Digne*, siége d'un évêché; *Manosque*.

Var, (317,000 habitants). — *Draguignan*; *Toulon*, port militaire très important sur la Méditerranée; *Grasse* fait le commerce d'huiles et de parfums; *Hyères* a des bois d'orangers : c'est la patrie de Massillon; *Fréjus*, siége d'un évêché. On remarque près de la côte les îles d'Hyères, d'Embiez et de Lérins.

Haute-Garonne, (428,000 habitants). — *Toulouse*, sur la Garonne, près du canal du Languedoc, chef-lieu de la dixième division militaire, siége d'un archevêché, d'une cour royale et d'une académie.

Tarn, (336,000 habitants). — *Alby*, sur le Tarn, siége d'un archevêché, a donné son nom aux Albigeois, secte d'hérétiques, contre lesquels on fit une croisade au commencement du treizième siècle; *Castres*.

Aude, (270,000 habitants). — *Carcassonne*, sur l'Aude, siége d'un évêché, fabrique beaucoup de draps; *Narbonne*, renommé pour son miel; *Limoux*.

Hérault, (346,000 habitants). — *Montpellier*, chef-lieu de la neuvième division militaire, siége d'une cour royale, d'un évêché et d'une académie, possède une célèbre école de médecine; *Béziers*, sur le canal du Languedoc; *Cette*, port sur la Méditerranée; *Lunel* et *Frontignan*, renommés pour leurs vins; *Lodève*; *Pézenas*.

Gard, (357,000 habitants). — *Nîmes*, siége d'une cour royale, d'un évêché et d'une académie, fabrique beaucoup de soieries et possède plusieurs monuments romains; *Beaucaire*, célèbre par sa foire; *Alais*.

Lozère, (140,000 habitants). — *Mende*, sur le Lot, siége d'un évêché.

Ardèche, (341,000 habitants). — *Privas*, fait le commerce de soie; *Annonay*, fabrique des papiers renommés; *Viviers*, près du Rhône, siége d'un évêché; *Tournon*.

Haute-Loire, (292,000 habitants). — *Le Puy*, près de la Loire, siège d'un évêché; *Brioude*.

Pyrénées-Orientales, (157,000 habitants). — *Perpignan*, ville forte, sur la Tet, siége d'un évêché.

Ariége, (253,000 habitants). — *Foix*, sur l'Ariége; *Pamiers*, sur l'Ariége, siége d'un évêché.

Basses-Pyrénées, (428,000 habitants). — *Pau*, sur le Gave de Pau, siége d'une cour royale et d'une académie, patrie d'Henri IV; *Bayonne*, siége d'un évêché, avec un port sur l'Adour : son chocolat et ses jambons sont renommés.

Gironde, (514,000 habitants). — *Bordeaux*, port sur la Garonne, chef-lieu de la onzième division militaire, siége d'un archevêché, d'une cour royale et d'une académie, fait un grand commerce de vins; *Bourg-du-bec-d'Ambez*, à l'endroit où la Dordogne et la Garonne se réunissent pour former la Gironde; *Blaye*, sur la Gironde; *Libourne*, sur la Dordogne.

Dordogne, (483,000 habitants). — *Périgueux*, sur l'Isle, chef-lieu de la vingtième division militaire, siége d'un évêché, fait le commerce de truffes; *Sarlat*.

Lot-et-Garonne, (347,000 habitants). *Agen*, sur la Garonne, siége d'une cour royale, d'une académie et d'un évêché, fabrique des toiles à voiles.

Lot, (284,000 habitants). — *Cahors*, sur le Lot, siége d'un évêché.

Aveyron, (359,000 habitants). — *Rodez*, sur l'Aveyron, siége d'un évêché; *Saint-Afrique* : à deux lieues de cette ville est *Roquefort*, connu par ses fromages.

Tarn-et-Garonne, (242,000 habitants). — *Montauban*, sur le Tarn, siége d'un évêché.

Landes, (280,000 habitants). — *Mont-de-Marsan*, sur la Midouze; *Dax*, sur l'Adour, connu par ses eaux minérales; *Aire*, sur l'Adour, siége d'un évêché.

Gers, (312,000 habitants). — *Auch*, près du Gers, siége d'un archevêché.

Hautes-Pyrénées, (233,000 habitants). — *Tarbes*, sur l'Adour, siége d'un évêché; *Bagnères-de-Bigorre* et *Barèges*, renommés pour leurs eaux minérales.

Corse, (195,000 habitants). — *Ajaccio*, port de mer et siége d'un évêché, a vu naître Napoléon Bonaparte; *Bastia*, port de mer, chef-lieu de la dix-septième division militaire, siége d'une cour royale.

Vaucluse, (239,000 habitants). — *Avignon*, sur le Rhône, près de l'embouchure de la Durance, siége d'un archevêché, fabrique des soieries, fait un grand commerce de garance, et possède un hôtel des Invalides: cette ville fut le séjour des papes, pendant le quatorzième siècle; *Carpentras*; *Orange*; *Vaucluse*, village connu par la belle fontaine qui donne son nom au département.

RÉGION DE L'OUEST.

Les provinces de l'ouest jouissent d'un climat doux et d'un sol fertile. L'Angoumois et la Saintonge exportent une immense quantité d'eau-de-vie; les autres provinces nourrissent beaucoup de bœufs, de chevaux et de mulets; les côtes donnent une grande quantité de sel. La Bretagne fournit du beurre à Paris; parmi les productions de cette province, on remarque le chanvre et le lin, dont on fait des toiles estimées; elle produit peu de vin. On trouve dans plusieurs départements des mines de fer, de plomb et d'argent, d'étain et de charbon de terre. Les habitants de la campagne, dans plusieurs parties de la Bretagne et du Poitou, sont encore étrangers aux connaissances et aux arts de la civilisation; l'industrie et les lumières ont fait beaucoup de progrès dans quelques villes.

CHARENTE, (362,000 habitants). — *Angoulême*, près de la Charente, siége d'un évêché, fabrique de beaux papiers; *Cognac*, sur la Charente, est renommé pour ses eaux-de-vie.

CHARENTE-INFÉRIEURE, (445,000 habitants). — *La Rochelle*, ville forte et bon port sur l'Océan, siége d'un évêché, fut la principale ville des protestants pendant les guerres de religion: elle fut prise sous le règne de Louis XIII, par le cardinal de Richelieu, qui avait construit une digue dans la mer, pour fermer aux Anglais l'entrée du port ; *Rochefort*, port militaire sur la Charente ; *Saintes*, sur la Charente. On remarque près de la côte de ce département les îles *de Ré*, *d'Aix* et *d'Oléron*.

VIENNE, (283,000 habitants). — *Poitiers*, siége d'une cour royale, d'un évêché et d'une académie ; *Châtellerault*, sur la Vienne, fabrique beaucoup de coutellerie.

DEUX-SÈVRES, (295,000 habitants). — *Niort*, sur la Sèvre Niortaise, fabrique des gants.

VENDÉE, (330,000 habitants). — *Bourbon-Vendée*, autrefois *La Roche-sur-Yon*, fut ruiné pendant les guerres de la Vendée, et rebâti, en 1807, par Napoléon ; *les Sables d'Olonne*, port sur l'Océan ; *Luçon*, siége d'un évêché. L'île de *Noirmoutier* et l'île *Dieu* font partie de ce département. La Vendée a donné son nom à la guerre civile qui a déchiré les provinces de l'Ouest, sous la Convention et le Directoire.

MAINE-ET-LOIRE, (468,000 habitants). — *Angers*, sur la Mayenne, siége d'une cour royale, d'un évêché et d'une académie, a des carrières d'ardoises fort estimées ; *Saumur*, sur la Loire, possède une école de cavalerie pour l'armée.

ILLE-ET-VILAINE, (547,000 habitants). — *Rennes*, sur la Vilaine, chef-lieu de la treizième division militaire, siége d'une cour royale, d'une académie et d'un évêché, fait le commerce de beurre : c'est la patrie de Duguesclin ; *Saint-Malo*, port sur la Manche, patrie de l'amiral Duguay-Trouin; *Cancale*, renommé pour ses huîtres.

Côtes-du-Nord, (599,000 habitants). — *Saint-Brieuc*, port sur la rivière de Gouet, siége d'un évêché.

Finistère, (524,000 habitants). — *Quimper*, port au confluent de deux rivières, à trois lieues de l'Océan; *Brest*, port militaire avec une belle rade; *Morlaix*, bon port marchand. On remarque près de la côte l'île *d'Ouessant*.

Morbihan, (433,000 habitants). — *Vannes*, port sur un canal qui communique avec le golfe du Morbihan, siége d'un évêché; *Lorient*, port militaire, près de l'embouchure du Blavet; *Quiberon*, à l'extrémité d'une petite presqu'île de même nom. Les îles de *Groix*, *Belle-Ile*, *Houat* et *Hoédic* appartiennent à ce département.

Loire-inférieure, (470,000 habitants). — *Nantes*, port commerçant sur la Loire, chef-lieu de la douzième division militaire, siége d'un évêché; *Paimbœuf*, port sur la Loire.

Sarthe, (457,000 habitants). — *Le Mans*, près de la Sarthe, siége d'un évêché, est renommé pour ses volailles; *La Flèche*, sur la Loire.

Mayenne, (453,000 habitants). — *Laval*, sur la Mayenne, fabrique beaucoup de toiles.

RÉGION DU MILIEU.

Les départements formés des provinces du milieu sont fertiles et bien cultivés dans le voisinage de la Loire ; la partie de l'Auvergne, connue sous le nom de Limagne, est l'une des plus belles vallées du monde : mais les parties montagneuses de l'Auvergne, du Limousin et de la Marche sont plus riches en pâturages qu'en grains. L'agriculture et l'industrie ont fait peu de progrès dans le Berry ; beaucoup de villes, dans les autres provinces, ont de belles mines de fer et de riches manufactures. L'instruction est peu répandue dans plusieurs de ces départements.

Loiret, (305,000 habitants). — *Orléans*, sur la Loire, siége d'une cour royale, d'une académie et d'un évêché, possède les raffineries de sucre les plus renommées : cette ville, assiégée par les Anglais, en 1428, fut délivrée par Jeanne-d'Arc ; *Montargis*, près du point de jonction des canaux de Briare, d'Orléans et du Loing.

Eure-et-Loir, (279,000 habitants). — *Chartres*, sur l'Eure, siége d'un évêché ; *Dreux*.

Loir-et-Cher, (236,000 habitants). — *Blois*, sur la Loire, siége d'un évêché, patrie de Louis XII, le père du peuple.

Indre-et-Loire, (297,000 habitants). — *Tours*,

sur la Loire, chef-lieu de la quatrième division militaire, siége d'un archevêché, fabrique des soieries, et fait le commerce de fruits ; *Chinon*, sur la Vienne ; *Amboise*, sur la Loire.

Cher, (256,000 habitants). — *Bourges*, chef-lieu de la quinzième division militaire, siége d'un archevêché, d'une cour royale et d'une académie ; *Vierzon*, sur le Cher ; *Sancerre*, près de la Loire.

Indre, (245,000 habitants). — *Châteauroux*, sur l'Indre, et *Issoudun* font le commerce de laine et de draps.

Nièvre, (282,000 habitants). — *Nevers*, sur la Loire, siége d'un évêché, possède des forges et une fonderie importantes, et fabrique beaucoup de quincaillerie, de faïence et d'objets en émail.

Allier, (298,000 habitants). — *Moulins*, sur l'Allier, siége d'un évêché, est renommé pour sa coutellerie ; *Vichy*, sur l'Allier, est connu par ses eaux minérales.

Creuse, (265,000 habitants). — *Guéret* ; *Aubusson* et *Fèlletin*, toutes deux sur la Creuse, fabriquent des tapis.

Haute-Vienne, (285,000 habitants). — *Limoges*, sur la Vienne, siége d'une cour royale, d'une académie et d'un évêché ; *Saint-Yrieix* : ces deux villes ont des fabriques de porcelaine.

Corrèze, (295,000 habitants). — *Tulle*, sur la Corrèze, siége d'un évêché ; *Brives*, sur la Corrèze.

Puy-de-Dôme, (573,000 habitants). — *Clermont-Ferrand*, chef-lieu de la dix-neuvième division militaire, siége d'une académie et d'un évêché, patrie du célèbre mathématicien Pascal; *Riom*, siége d'une cour royale. On remarque dans ce département le mont *Dor*, où se trouvent des eaux minérales.

Cantal, (259,000 habitants). — *Aurillac*, patrie du pape Gerbert (Sylvestre II), qui fit connaître en France l'horloge à balancier.

POSSESSIONS FRANÇAISES HORS DE L'EUROPE.

La France possède : 1° *en Asie* : Pondichéry, Mahé, Karikal, Ganjam et Chandernagor ; 2° *en Afrique* : la régence d'Alger, la colonie du Sénégal, chef-lieu Saint-Louis, l'île Bourbon et l'île Sainte-Marie, près de Madagascar ; 3° *en Amérique* : les îles Saint-Pierre et Miquelon, près de Terre-Neuve, la Martinique, la Guadeloupe et plusieurs autres îles moins considérables, dans les petites Antilles, et la Guyane française, capitale Cayenne.

SUITE DES QUESTIONS.

(Voir le commencement, *page* 2.)

Que remarque-t-on dans les départements formés des provinces du Nord ? — Quelles sont les productions remarquables de ces départements ? Quelles sont les principales villes du département du Nord, et que remarque-t-on à Lille ? — à Dunkerque ? — à Valenciennes ? — à Douai ? — à Roubaix ? — à Cambrai ? — à Saint-Amand ? — à Anzin ? — (Mêmes questions pour les départements du Pas-de-Calais, de la Somme, etc.)

Que remarque-t-on dans les départements formés des provinces de l'Est ? — Quelles sont les principales productions de ces départements ? — Quelles sont les principales villes du département de la Meurthe ? — Que remarque-t-on à Nancy ? — à Toul ? — à Lunéville ? — (Mêmes questions pour les autres départements) — Dans quel département se trouve Bar le-Duc ? — Metz ? — Thionville ? — Verdun ? — Plombières ? — Strasbourg ? — Schelestadt ? — Besançon ? — Colmar ? — Mulhausen ? — Gray ? — Saint-Claude ? — Dijon ? — Saint Etienne ? — Grenoble ? — etc.

Quel est le climat du midi de la France ? — Le sol du sud est-il fertile ? — Quelles sont les productions des départements que l'on a formés de ces provinces ? — L'industrie y est-elle avancée ? — Quelles sont les principales villes du département des Bouches-du-Rhône ? — Que remarque-t-on à Marseille ? — à Aix ? — à Arles ? — à Tarascon ? — (Mêmes questions pour les autres départements du sud). — Dans quel département se trouve Alby ? — Draguignan ? — Toulon ? — Manosque ? — Aix ? — Grasse ? — Castres ? — Toulouse ? — Frontignan ? — Nîmes ? — Annonay ? — Le Puy ? etc.

Quel est le climat des provinces de l'Ouest ? — Quelles sont les productions de ces provinces ? — Les lumières y sont-elles fort répandues ? — Où l'industrie a-t-elle fait beaucoup de progrès ? — Quelles sont les principales villes du département de la Charente ? — Que remarque-t-on dans ces villes ? — (Mêmes questions pour tous les départements de l'Ouest). — Dans quels départements se trouve Angoulême ? — La Rochelle ? — L'île de Ré ? — L'île-d'Oléron ? — Poitiers ? — Les Sables d'Olonne ? — Saumur ? — Saint-Brieuc ? — Lorient ? — Vannes ? — Belle-Ile ? — Paimbœuf ? — Laval ? etc.

Les départements formés des provinces du milieu sont-ils fertiles ? — Quelles sont les richesses de quelques parties de ces départements ? — L'instruction y est-elle répandue ? — Quelles sont les principales villes du département du Loiret ? — Que remarque-t-on dans ces villes ? — (Mêmes questions pour tous les autres départements des provinces du milieu.) — Dans quel département se trouve Montargis ? — Chartres ? — Blois ? — Tours ? — Issoudun ? — Vichy ? — Tulle ? — Brives ? etc. — Quelles sont les possessions de la France en Asie ? — en Afrique ? — en Amérique ?

PETITE [illegible]LIOTHÈQUE

DES ÉCOLES PRIMAIRES.

1re [illegible]. — 10 VOL. DE 36 PAGES [illegible].

[illegible] de chaque volume broché : 2 sous ; et cartonné 3 sous.

1° *[illegible] écoles primaires*, [illegible] de l'Alphabet et premier livre de lecture, approuvé par l'Université.
2° *Petite Histoire [illegible].*
3° *Modèles des [illegible]*, (Bâtarde, Coulée, [illegible]).
4° *[illegible] de Grammaire.*
5° *[illegible] notions de Calcul.*
6° *Petite Géographie de la France*, précédée de la division du globe et de [illegible] définitions géographiques.
7° *[illegible]* et la Chronologie des princ[illegible] de leur règne.
8° *Petite Histoire [illegible].*
9° *Petite Histoire romaine.*
10° *Petite Histoire moderne.*

[illegible]PRIMERIE DE [illegible]OQUET ET COMP.
Rue de la Harpe, 90.